小閱讀大理解

大理解

進階篇 1
修訂版

故事創作 / 馬翠蘿
題目編寫 / 新雅編輯室

新雅文化事業有限公司
www.sunya.com.hk

小閱讀大理解　進階篇 1（修訂版）

故事創作：馬翠蘿
題目編寫：新雅編輯室
插　　圖：陳子沖、伍中仁、靜宜、美心、王曉明、立雄
責任編輯：龐頌恩
美術設計：陳雅琳
出　　版：新雅文化事業有限公司
　　　　　香港英皇道 499 號北角工業大廈 18 樓
　　　　　電話：(852) 2138 7998
　　　　　傳真：(852) 2597 4003
　　　　　網址：http://www.sunya.com.hk
　　　　　電郵：marketing@sunya.com.hk
發　　行：香港聯合書刊物流有限公司
　　　　　香港荃灣德士古道 220-248 號荃灣工業中心 16 樓
　　　　　電話：(852) 2150 2100
　　　　　傳真：(852) 2407 3062
　　　　　電郵：info@suplogistics.com.hk
印　　刷：中華商務彩色印刷有限公司
　　　　　香港新界大埔汀麗路 36 號
版　　次：二〇二〇年三月初版
　　　　　二〇二一年三月第二次印刷

ISBN: 978-962-08-7451-2

給家長的話

讓孩子能真正**愛上閱讀**，並學懂**理解文意**！

　　閱讀理解是學習語文的重要一環，好的閱讀理解能力更有助於我們掌握不同方面的知識。因此，若孩子能從小打好閱讀理解的根基，對其未來發展將大有助益。

　　《小閱讀大理解》系列專為年幼孩子建立閱讀理解能力的需要而設計。期望通過簡短有趣並富教育意義的小故事，輔以思考題，配合趣味遊戲及程度適中的閱讀理解練習，一步一步地引導孩子掌握理解故事內容的技巧，並同時強化他們的閱讀能力，為孩子築起從閱讀到理解的橋樑。

　　本冊為「進階篇」，對比「初階篇」，除增加練習題目數量外，題目難度亦有所提升，加入較多文字作答的題目，以貼近初小學生的學習需要，讓孩子進一步掌握理解故事及回答閱讀理解題目的能力。

目錄

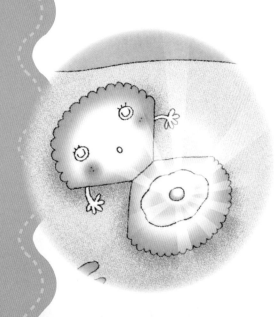

圖：陳子沖

減肥的小熊貓

一隻小熊貓和一隻小猴子在火車上碰面了，他們都將要去動物園定居。

小猴子一見小熊貓就說：「啊，你太胖了！你得減肥！」

小猴子說完，一連翻了幾個跟頭，說：「你看我瘦瘦的多靈巧，小朋友一定喜歡我而不喜歡你！」

小熊貓很擔心小朋友不喜歡自己，於是，他決定減肥。

他開始不吃不喝，到了動物園的時候，他胖胖的身體瘦下來了，圓圓的腦袋變長了，機靈的眼睛變得沒精打采了。

思考點

為什麼小熊貓決定減肥？

7

　　小朋友都不認識小熊貓了，還問他：「嗨，小動物，你是誰？」

　　小熊貓一聽好委屈，怎麼連我國寶熊貓都不認得啦？他說：「我是熊貓呀！」

　　小朋友說：「你一點也不像熊貓，熊貓身體胖胖的，腦袋圓圓的，多可愛啊！」

　　小朋友全都跑去看小猴子了。小熊貓好後悔啊，都怪小猴子亂出主意！

思考點

小朋友都不認識小熊貓了，小熊貓有什麼感覺？

小熊貓決定不再減肥了！他又像以前那樣，每天吃愛吃的竹子，很快又變回那可愛的胖模樣。小朋友都跑來跟他玩，噢噢，好高興啊！

說話分對錯

小朋友，請根據故事內容，辨別以下角色說的話是否正確。正確的，在 ☐ 內加 ✓；錯誤的，加 ✗。

1.

> 我要到學校去探望小朋友。

☐

2.

> 我的動作十分靈巧，可以輕鬆地翻跟頭。

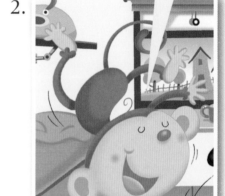

☐

3.

> 我們覺得減肥後的小熊貓很可愛。

☐

 **練習時間**

小朋友，請根據故事內容回答下面的問題。

1. 文中哪一個四字詞語表示小熊貓提不起勁？

   _____

2. 根據**第7頁第2段**，在橫線上填寫小熊貓**減肥前**的樣子。

   ### 減肥前的小熊貓

身體	胖胖的
腦袋	(1) _____
眼睛	(2) _____

3. 為什麼小朋友不認得減肥後的小熊貓呢？（試用完整的句子回答）

   _____

4. 為什麼小熊貓決定不再減肥？

   ○ A. 因為小熊貓不再想討好小朋友了。

   ○ B. 因為小猴子勸告小熊貓不要再減肥。

   ○ C. 因為小熊貓太喜歡吃竹子，便放棄減肥了。

   ○ D. 因為小熊貓發現小朋友認為胖胖的熊貓才可愛。

圖：伍中仁

小火車風風

　　六一國際兒童節到了，獅子大
王預備了很多玩具，運到各個村莊送
給小動物們。紅草莓村的玩具由小火車風風
負責運送，他會在兒童節當天下午三時到達。

　　小動物們好興奮啊，他們才吃完早餐，就跑到火
車站等候小火車風風。唉，小火車風風還有六七個小
時才能到呢！

小動物們等不及了，他們紛紛打電話給小火車風風：「風風，你能提早一個小時把玩具運來嗎？」「風風，你能在上午十時就來到嗎？」「風風，你現在就來，好嗎？」

　　小動物們知道小火車風風最樂於助人，他一定會答應的。沒想到，小火車風風竟一口拒絕了：「不行啊！」小動物們都很不開心，風風不肯幫忙，風風真不對。

　　風風在電話裏耐心地解釋說：「每輛火車都得按火車時刻表開車，這樣才能保持鐵路暢通和安全。要是我們不聽指揮，喜歡開就開，喜歡停就停，那鐵路交通就會變得混亂，甚至會造成撞車事故呢！」

? 思考點 ?

如果你是風風，你會答應小動們的請求嗎？為什麼？

13

噢，原來是這樣！小動物們明白了，他們不再要求小火車風風提早出發了。

小動物們耐心地等待着。下午三時正，隨着猴子伯伯的小綠旗一揮，小火車風風「嗚嗚」地叫着進了站，來到紅草莓村了。

「小火車風風，你辛苦了！」小動物高興地叫着。

好多好多的玩具啊！小動物們搬呀搬呀，直到晚上才搬完。所有小動物一起邀請小火車風風留下來，和他們一起玩玩具，風風説：「謝謝你們的好意，但開車的時間到了，我得馬上走了。再見！」

　　小火車風風「嗚嗚」地走了，小動物們朝他揮手説：「小火車風風，謝謝你！」「小火車風風，再見！」

故事排一排

小朋友，請根據故事內容，把代表下面圖畫的英文字母，按情節發生的順序填在 ☐ 內。

A. 小火車風風帶着玩具，來到紅草莓村。

B. 風風向小動物們解釋火車必須按時刻表開車。

C. 小動物們把玩具搬下火車，並跟風風道別。

D. 小動物們打電話給風風，叫他提早出發，送玩具過來。

練習時間

小朋友，請根據故事內容回答下面的問題。

1. 試從文中找出適當的詞語填在 _____ 上。

　(1) 小青問小白借一枝鉛筆，沒想到小白竟然 _____ 了，讓小青很傷心。

　(2) 小明對朋友很熱情，經常 _____ 朋友到他家裏玩。

2. 為什麼小動物們以為風風會答應提早把玩具運來？（試用完整的句子回答）

　_____

3. **第13頁第3段**的主要內容是：

　○ A. 記述小動物找風風幫忙。
　○ B. 解釋風風不再樂於助人的原因。
　○ C. 解釋火車要按火車時刻表開車的原因。
　○ D. 指出獅子大王要求風風不能提早開車。

4. 如果風風不按火車時刻表開車，可能會有什麼後果？

　①鐵路不再暢通和安全　　　　②猴子伯伯會很生氣
　③造成撞車事故　　　　　　　④獅子大王不再送玩具
　○ A. ①②　　　○ B. ①③　　　○ C. ①②③　　　○ D. ③④

圖：靜宜

河邊的小月亮

在一條美麗的小河邊，住着可愛的蚌妹妹。蚌妹妹常常喜歡爬到岸上，張開堅硬的殼，一邊曬太陽，一邊和小螃蟹、小蝸牛等小伙伴們玩。

這天，蚌妹妹正在沙灘上給小伙伴講故事，忽然，小螃蟹覺得鼻子癢癢的，他打了個大噴嚏，又來不及

掩住嘴巴，結果把一些沙子吹到蚌妹妹的身上了。蚌妹妹趕快跑到河邊沖洗，可是有一顆沙子鑽到了她的身體裏，洗也洗不掉，弄得她又癢又痛。於是，蚌妹妹趕快去找青蛙醫生：「醫生叔叔，快幫我動手術，把沙子拿出來吧！」

?? 思考點 ??

蚌妹妹請青蛙醫生幫她做什麼？

青蛙醫生説：「別擔心！不要緊的，過幾天你就
會沒事的了。」果然，過了幾天，蚌妹妹就不再覺得
痛和癢了。

好多好多天過去了，在一個沒有月亮的晚上，到
處黑咕隆咚，大家沒辦法看書，也沒辦法做功課，就
都早早地睡覺了。蚌妹妹睡了一會兒，覺得有點悶熱，
就慢慢張開了她的硬殼。忽然，一道明亮的光照亮了
河岸，小螃蟹醒了，他大叫起來：「小月亮！沙灘上
有個小月亮！」

　　小河裏、河岸上馬上變得熱鬧了，大家都來看河岸上的月亮。他們忽然發現，這個小月亮原來長在蚌妹妹的殼裏。這時候，青蛙醫生也來了，他告訴大家，這不是月亮，而是珍珠，是蚌妹妹身上的沙子變的！

　　從此以後，每當沒有月亮的晚上，蚌妹妹就張開她的硬殼，讓珍珠發出明亮的光芒，照着大家看書、寫字⋯⋯

思考點

珍珠是怎樣形成的？
為什麼青蛙醫生之前
不幫蚌妹妹動手術？

情節猜一猜

　　小朋友，試根據下面的圖畫和文字，發揮創意，構思全新的故事情節，然後填在＿＿＿＿＿上。

1. 蚌妹妹、小螃蟹和小蝸牛一起在河邊玩耍，小螃蟹不小心把沙子吹到蚌妹妹身上。

2. 蚌妹妹趕快跑到河邊沖洗，可是有一顆沙子鑽到了她的身體裏，洗也洗不掉。

3. ＿＿＿＿＿＿＿＿＿＿＿＿＿＿＿＿＿

＿＿＿＿＿＿＿＿＿＿＿＿＿＿＿＿＿

4. 蚌妹妹不再覺得痛和癢了，但也失去了將沙子變成珍珠的機會。

小朋友，請根據故事內容回答下面的問題。

1. 小螃蟹打了個大噴嚏後，為什麼蚌妹妹會又痛又癢？
   （試用完整的句子回答）

   _____

2. 下面哪一項符合故事內容？

   ○ A. 珍珠是由石頭變成的。

   ○ B. 小螃蟹以為珍珠是月亮。

   ○ C. 珍珠的光比陽光還要耀眼。

   ○ D. 沙子進了蚌妹妹身體裏，令妹妹嘔吐。

3. 蚌妹妹用她的珍珠來做什麼？

   ○ A. 送給青蛙醫生。

   ○ B. 變出更多的珍珠。

   ○ C. 讓小螃蟹看清道路。

   ○ D. 照着小伙伴們看書、寫字。

4. 珍珠除了像月亮，你認為還像什麼呢？為什麼？

   我認為珍珠像 _____ ，因為 _____

   _____ 。

圖：陳子沖

小剪刀利利

利利是一把小剪刀的名字，他今天剛剛被小男孩暉暉從文具店買回家。

利利很想馬上幫暉暉做點什麼，可是暉暉回家後，就把他放在一邊，好像把他忘了似的。

噢，暉暉終於過來拿起小剪刀利利了，他用剪刀剪下一張日曆，自言自語地說：「二月二十日是我的生日，還有十八天才到呢！爸爸說，到時他會送我一架小飛機。好想早點拿到禮物啊！」

　　暉暉睡了。利利想，怎樣才能幫暉暉早點拿到禮物呢？他突然靈機一動：要是我馬上剪掉日曆到二月二十日，那明天暉暉一覺醒來，不就可以過生日，可以拿到禮物了嗎？利利馬上把日曆一張一張地剪了下來。

　　然後，利利甜甜地入睡了，他做了個好夢，夢見暉暉手裏捧着小飛機，向他説謝謝！

？ 思考點 ？

你覺得利利的方法
好嗎？為什麼？

　　大清早，利利就被暉暉叫醒了。暉暉指着日曆，問道：「利利，是你把日曆剪成這樣的嗎？」

　　利利趕緊點頭：「是呀！我想讓你快點過生日。」

　　暉暉說：「你以為剪去十八張日曆，就過了十八天了嗎？一年三百六十五天，每天二十四小時，日子是要一天一天，一小時一小時地過的。而且，大人們常說，一寸光陰一寸金，我才不想失掉這十八天呢！十八天可以做很多事情，認字啦，看圖畫書啦，玩遊戲啦……」

暉暉說到這裏，從書包裏拿出一疊顏色紙：「如果你想幫忙的話，就幫我剪紙花吧。明天老師要帶我們到安老院，為那裏的公公婆婆表演小紅花舞呢！」

　　「好啊好啊！」利利很高興，他終於有事情做了。他幫暉暉剪紙做紙花，剪得又快又好！

?思考點?

想一想，我們還可以用剪刀做什麼事情？

說話分對錯

小朋友，請根據故事內容，辨別以下角色說的話是否正確。正確的，在 ☐ 內加 ✔；錯誤的，加 ✗。

到了生日那天，爸爸會送我一把新的剪刀。

1.  ☐

我不想讓暉暉知道還有多少天才過生日，所以剪掉日曆了。

2.  ☐

我沒有承認是我剪去了十八張日曆。

3.  ☐

我不想失去十八天，因為十八天可以做很多事情。

4.  ☐

小朋友，請根據故事內容回答下面的問題。

1. 從下面哪一個事例，可以知道暉暉懂得珍惜光陰？

　　○ A. 暉暉剪下日曆時，顯得小心翼翼。

　　○ B. 暉暉把日曆放在抽屜裏，鎖了起來。

　　○ C. 暉暉把字條貼在日曆上，提醒自己珍惜光陰。

　　○ D. 暉暉認為一寸光陰一寸金，他不想白白失去十八天。

2. 根據**第26頁**，在＿＿＿＿＿＿上填寫暉暉認為十八天可以做的事情。

　　● 看圖畫書
　　● 玩遊戲
　　● ＿＿＿＿＿＿＿＿＿

3. 這篇文章的主要內容是：

　　○ A. 說明暉暉非常珍惜時間。

　　○ B. 描述暉暉與利利的友情。

　　○ C. 解釋暉暉想剪紙花的原因。

　　○ D. 指出利利沒有為暉暉着想，只顧着自己。

圖：美心

瓜瓜和刮刮

　　小青蛙瓜瓜今天要去參加游泳比賽，他對這次比賽可緊張了。

　　因為去年的比賽，他比另一隻小青蛙刮刮慢了兩秒鐘，結果只拿了一個亞軍。兩秒鐘，那只是打個噴嚏那麼短的時間呀，冠軍就沒了，多冤枉啊！瓜瓜心裏很不服氣，他發誓這次一定要打敗對手刮刮，把冠軍贏回來。

　　誰知道就這麼倒霉，他早上偏偏睡過頭了，八點鐘就要出門，他八點十五分才醒來。瓜瓜臉也沒洗，趕緊抓了一把蚊子乾當早餐，就跑出門了。

思考點

瓜瓜睡過頭了，為了趕及到比賽場地，他怎麼做？

　　跑啊跑啊，跑到比賽場地時，所有選手都已經做完熱身運動，在泳池邊等着。

　　瓜瓜很高興趕得及，他急忙站到刮刮旁邊，準備比賽。

　　刮刮見了，説：「瓜瓜，你不能不做熱身運動就參加比賽，這樣很容易抽筋的。」

　　瓜瓜心想，你當然不希望我參加比賽，那你就可以繼續拿冠軍了。他用鼻子哼了一聲，不理刮刮。

　　刮刮還想説什麼，這時裁判員舉起信號槍，「砰」地放了一槍。瓜瓜隨着槍響，跳到水裏去了。刮刮見了，也只好跳進水裏。

瓜瓜拚命划呀划呀，他很快就超過了其他選手，接著又超過了刮刮。眼看他就要到達終點，他彷彿已經看見冠軍獎盃在向他招手了。

突然，瓜瓜感到右邊小腿一陣劇痛，疼痛令他無法再蹬腳向前，他整個身體向下沉。瓜瓜只好用雙手亂抓，想抓住一點能救命的東西。

好危險啊，眼看瓜瓜就要沉到水底了，就在這時候，有一隻手拉住了瓜瓜，把他拉上了水面。又在救生員叔叔的幫助下，把他拉了上岸。

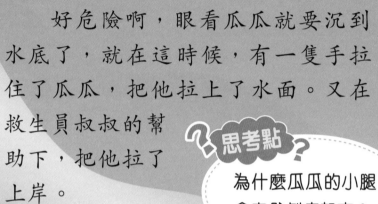

? 思考點 ?

為什麼瓜瓜的小腿會突然劇痛起來？

瓜瓜睜眼一看，救他的原來是刮刮呢！

在救生員叔叔的幫助下，瓜瓜把喝了一肚子的水全吐出來了。這時，他才可以說話，他第一句話是跟刮刮說的：「謝謝你！」

刮刮笑着說：「不用謝！不過，你以後一定要記得，必須先做熱身運動才能游泳，這樣才可以避免發生危險。」

「知道了！」

由於瓜瓜和刮刮都沒完成比賽，所以連前十名都進不了，更談不上當冠軍。但瓜瓜和刮刮一點都不在乎，因為從那天起，他們都多了一個好朋友。

情節猜一猜

小朋友，試根據下面的圖畫和文字，發揮創意，構思全新的故事情節，然後填在＿＿＿＿＿＿上。

1. 瓜瓜準時起牀，到了比賽場地，距離比賽開始還有一些時間。

2. 刮刮叫瓜瓜做熱身運動，瓜瓜想了一想……

3. ＿＿＿＿＿＿＿＿＿＿＿＿＿＿
＿＿＿＿＿＿＿＿＿＿＿＿＿＿

4. 比賽開始了，＿＿＿＿＿＿＿＿
＿＿＿＿＿＿＿＿＿＿＿＿＿＿

小朋友，請根據故事內容回答下面的問題。

1. 文中哪一個詞語表示瓜瓜運氣不好？

　　＿＿＿＿＿＿＿＿＿＿

2. 根據**第30頁**，去年游泳比賽的結果是怎樣的？

　　去年游泳比賽中，刮刮得到了＿＿＿＿＿＿＿＿＿，瓜瓜得到了＿＿＿＿＿＿＿＿＿，他們的成績只差兩秒。

3. 刮刮因為救瓜瓜而沒有完成比賽，他感到：

　　○ A. 慶幸。　　　　○ B. 悲傷。

　　○ C. 不在乎。　　　○ D. 不高興。

4. 為什麼瓜瓜會在比賽中抽筋？（試用完整的句子回答）

　　＿＿＿＿＿＿＿＿＿＿＿＿＿＿＿＿＿＿＿＿＿＿＿

5. 這篇文章主要是說明什麼道理？

　　○ A. 不能聽從對手的話。

　　○ B. 游泳前要做熱身運動。

　　○ C. 只能在有救生員的泳池游泳。

　　○ D. 比賽時不能大意和取笑對手。

圖：王曉明

小星星

　　天上有一顆很亮很亮的小星星，他常常好奇地眨着眼睛，看着人間發生的一切事情。

　　一天晚上，小星星看見兔媽媽得了急病，躺在牀上昏迷不醒。小星星好着急喲，兔媽媽身邊只有一隻小兔，小兔膽子小，她敢穿過黑咕隆咚的森林，去給媽媽請醫生嗎？

思考點

小星星看到兔媽媽發生了什麼事情？

36

正在這時，小星星看見小兔鼓起勇氣出門了。

森林裏狼在嚎，虎在叫，但小兔還是一步一步地向前走着。可是，天太黑，小兔走着走着迷路了，她着急地哭了起來。

　　小星星決定幫助小兔，他「嗖」的一聲，落到了
小兔前面。小星星的光芒照亮了森林，照亮了前進的
路，不一會兒，小兔就找到了熊醫生的診所。

兔媽媽得救了，小星星和小兔也成了好朋友，他再也沒有回到天上去。後來，他變成了一隻螢火蟲，專門給黑夜裏迷路的小朋友指引方向。

? 思考點 ?

想一想，黑夜裏還有什麼東西可為我們指引方向？

故事排一排

小朋友，請根據故事內容，把代表下面圖畫的英文字母，按情節發生的順序填在 ☐ 內。

A. 小兔鼓起勇氣進入黑暗的森林，沒多久便迷路了。

B. 兔媽媽得了急病，躺在牀上昏迷不醒。

C. 兔媽媽的病好了，小星星變成了螢火蟲。

D. 小星星照亮了小兔前進的路，讓小兔找到了熊醫生的診所。

練習時間

小朋友，請根據故事內容回答下面的問題。

1. 試從文中找出適當的詞語填在＿＿＿＿＿上。

   (1) 小天對所有事物都感到很＿＿＿＿＿＿，經常向老師
      發問。

   (2) 快到考試的時間了！小威卻還未回到學校，心裏不禁
      很＿＿＿＿＿＿。

2. 看看下面的描述是否正確，正確的，在 ☐ 內加 ✔；不正
   確的，請加 ✘。

   (1) 小兔膽子很大。 ☐

   (2) 小兔在森林裏迷路了。 ☐

   (3) 小星星幫助小兔找到了路。 ☐

3. 小兔要穿過森林到哪裏去？（試用完整的句子回答）

   ＿＿＿＿＿＿＿＿＿＿＿＿＿＿＿＿＿＿＿＿＿＿＿＿＿＿＿

4. **第38頁**的主要內容是：

   ○ A. 説明小星星的優點。

   ○ B. 描述熊醫生怎樣治好兔媽媽的病。

   ○ C. 記述小星星幫助小兔穿過森林的過程。

   ○ D. 記述小兔在森林中遇到虎和狼的經歷。

圖：立雄

小樂的十元

小樂拿着十元出門了。

這是他一直捨不得用的十元啊！他
一直留着，就是為了要在今天——媽媽
生日的日子裏，給媽媽買一枝美麗的玫瑰
花。一枝玫瑰剛好十元呢！

經過賣雞腿的小店，香噴噴的雞
腿引得小樂直流口水，但他堅決地
走了過去；經過雪糕店，五顏
六色的雪糕讓小樂忍不住偷
眼去瞧瞧，但最後他還是頭
也不回地走過去了……

？思考點？

你覺得小樂喜歡吃雞腿和
雪糕嗎？為什麼？

　　終於走到花店了，小樂正要走進去買花，門口一個捧着募捐箱的哥哥對小樂說：「小弟弟，請捐點錢吧，我們是為孤兒院籌款的，籌得的款項，會用作支持那些失去父母的孩子的生活。」

　　小樂看着手裏的十元，覺得很為難。他想為孤兒們出點力，又想在媽媽生日時送她一份驚喜，究竟該怎麼辦呢？

想着，想着，他走進了花店，看到一朵朵美麗的玫瑰花被包在透明紙裏，還綁上了一根粉紅的絲帶，好看極了，相信媽媽收到了一定會很開心。

他猶豫着：捐錢？還是買花？

花店的姐姐對小樂說：「小朋友，要買花嗎？」

小樂說：「姐姐，我想買朵花給媽媽，又想給孤兒院捐錢，可是我只有十元。」

？ 思考點 ？

小樂來到花店，看到什麼東西？

44

　　「好孩子，真乖！」姐姐挑了一朵稍為小一點的
玫瑰，遞到小樂手裏，「這朵玫瑰我只收你六元，剩
下的四元，你可以捐給孤兒院。」

　　「謝謝姐姐！」小樂高興極了。

　　小樂快快樂樂地捐了四元給孤兒院，又歡天喜地
地拿着玫瑰花回家了。

故事排一排

小朋友，請根據故事內容，把代表下面圖畫的英文字母，按情節發生的順序填在 ☐ 內。

A. 小樂買了一朵玫瑰，剩下來的錢捐了給孤兒院。

B. 小樂遇到募捐的哥哥，他想捐點錢給孤兒們。

C. 小樂拿着十元出門，打算買玫瑰花給媽媽。

D. 小樂走進花店，不知道該捐錢還是買花。

小朋友，請根據故事內容回答下面的問題。

1. 小樂為什麼想在那一天送花給媽媽呢？

  因為那一天是 _____。

2. 小樂知道募捐的哥哥為孤兒院籌款後，他有什麼感受？

  ○ A. 開心。　　　　　○ B. 難過。

  ○ C. 為難。　　　　　○ D. 煩躁。

3. 花店的姐姐替小樂挑了一朵怎樣的玫瑰花？（試用完整的句子回答）

  _____

4. **第45頁**的主要內容是：

  ○ A. 記述小樂最後怎樣運用十元。

  ○ B. 描述小樂猶疑怎樣運用十元。

  ○ C. 描述小樂見到朋友和送禮物的經過。

  ○ D. 說明小樂決定把十元全都用來買花的原因。

5. 最後是誰為小樂解決了怎樣運用十元的難題？

  最後是（媽媽／花店的姐姐／募捐的哥哥）為小樂解決了
  怎樣運用十元的難題。

參考答案

P.10
1. ✗　2. ✔　3. ✗

P.11
1. 沒精打采
2. (1)圓圓的　(2)機靈的
3. 因為減肥後的小熊貓變得一點也不像熊貓了。
4. D

P.16
D → B → A → C

P.17
1. (1)拒絕　(2)邀請
2. 因為小動物們知道風風最樂於助人。
3. C
4. B

P.22
自由作答。

P.23
1. 因為小螃蟹打噴嚏時，把沙子吹到蚌妹妹身上了。
2. B
3. D
4. 自由作答。

P.28
1. ✗　　2. ✗　　3. ✗　　4. ✔

P.29
1. D　　2. 認字　　3. A

P.34
自由作答。

P.35
1. 倒霉
2. 冠軍；亞軍
3. C
4. 因為瓜瓜在比賽前沒有做熱身運動。
5. B

P.40
B → A → D → C

P.41
1. (1)好奇　(2)着急
2. (1)✗　(2)✔　(3)✔
3. 小兔要穿過森林到熊醫生的診所。
4. C

P.46
C → B → D → A

P.47
1. 媽媽的生日
2. C
3. 花店的姐姐替小樂挑了一朵稍為小一點的玫瑰花。
4. A
5. 花店的姐姐